# Chat-peau

Texte : **Michelle Knudsen**
Illustrations : **Amanda Haley**
Adaptation française :
**Le Groupe Syntagme inc.**

# Chers parents,

Bouclez votre ceinture ! Vous allez bientôt accompagner
votre enfant dans une aventure passionnante.
Destination : la lecture autonome !

Grâce au **Chemin de la lecture**, vous aiderez votre enfant à
y arriver sans peine. Le programme offre des livres de cinq niveaux,
appelés km, qui accompagneront votre enfant, de ses tout premiers essais
jusqu'à ce qu'il puisse lire seul sans problème. À chaque étape,
il découvrira des histoires captivantes et de superbes illustrations.

### Je commence
Pour les enfants qui connaissent les lettres de l'alphabet et qui
ont hâte de commencer à lire.
• mots simples • rythmes amusants • gros caractères
• images éloquentes

### Je lis avec un peu d'aide
Pour les enfants qui reconnaissent certains sons et qui en
devineront d'autres grâce à votre aide.
• phrases courtes • histoires prévisibles • intrigues simples

### Je lis seul
Pour les enfants qui sont prêts à lire tout seuls des histoires simples.
• phrases plus longues • intrigues plus complexes
• dialogues simples

### Mes premiers livres à chapitres
Pour les enfants qui sont prêts à affronter les livres divisés
en chapitres.
• petits chapitres • paragraphes courts • illustrations colorées

### Les vrais livres à chapitres
Pour les enfants qui n'ont aucun mal à lire seuls.
• chapitres plus longs • quelques illustrations en noir et blanc

Pas besoin de se presser pour aller d'une étape à l'autre. **Le Chemin de la
lecture** ne s'adresse pas à des enfants d'un âge ni d'un niveau scolaire
particuliers. Chaque enfant progresse à son propre rythme : il gagne en
confiance et tire une grande fierté de pouvoir lire, peu importe son âge
ou son niveau scolaire.

**Détendez-vous et profitez de votre voyage—sur Le Chemin de la lecture !**

Pour Cleo
qui aime dormir sur ma tête
M.K.

À mon époux Brian et ma chienne Sally –
merci de m'offrir un endroit chaleureux
pour vivre.
A.H.

**A GOLDEN BOOK · New York**
Golden Books Publishing Company, Inc.
New York, New York 10106

© 2002 LES PRESSES D'OR (CANADA) INC. pour l'édition française.
10, rue Notre-Dame, bureau 300, Repentigny (Québec) Canada J6A 2N9

www.lespressesdor.com

Dépôt légal 1er trimestre 2002.

Imprimé en Chine.

Isbn : 1-552255-01-8.

Rodolphe est un chat.

# Il aime faire la sieste.

Il cherche
un endroit confortable.

# Un endroit en hauteur.

# Un endroit chaud.

# Un endroit sûr.

# Rodolphe cherche partout.

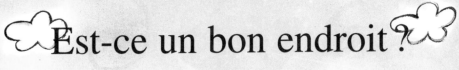

# Est-ce un bon endroit ?

# Est-ce un bon endroit ?

Non,
pas du tout !

Est-ce un bon endroit ?

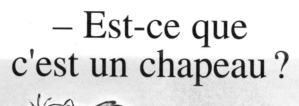

– Est-ce que
c'est un chapeau ?

– Oui, un chat-peau !

# Rodolphe a trouvé l'endroit idéal.

# Un endroit en hauteur.

# Un endroit chaud.

# Un endroit sûr.

# Rodolphe
## est un chat heureux.